每一天

好恒常如新的

普通力

いつもの毎日。

衣食住と仕事

［日］松浦弥太郎
Matsuura Yataro

吴妍 译

著

江苏凤凰文艺出版社
JIANGSU PHOENIX LITERATURE AND
ART PUBLISHING

过好恒常如新的每一天。

我在二十岁的时候，还一点儿没有活出自我。

不仅没有个性，还不屑于模仿别人，心中厌烦普通这个词，拼了命地让自己看上去和别人不一样。

直到有一天，我发觉自己一直以来都非常在意别人的目光，从那一刻起，我才意识到自己活得毫无自我。不论做什么都先考虑别人会怎么看，会怎么想，一边伪装一边生活，一举一动都要经过小心斟酌。生活中目之所及，处处都失去了真我，只剩下在金玉的表象和扭曲的自尊中生出的谎言修饰后的自己。这样的生活当然不会轻松。事实上，我总是疲惫不堪。

　　想从这种疲惫的生活中解放出来。于是我开始反省自己。丢掉一直以来从他人处寻求答案的意识，先问问自己会怎么想，自己会怎么做？怎样才能让自己每一天都心情愉快地工作、生活以及与人相处？

为此，我想我应该敞开心扉，将真实的自我展露出来。我喜欢什么？我讨厌什么？一点一点地自我确认。当自己认为这样很酷的时候，就顺从本心地照做吧。也是从那个时候，我开始懂得米开朗琪罗那句名言"创造始于模仿"的含义。

首先要了解自己。自己每天都在成长，而能从中发现不变的自我是十分重要的。就像过去的我那样，从二十岁到三十岁，在工作和生活中寻找自我是一个很大的命题。

知道什么是自己喜欢的，什么是自己不擅长的，什么是自己不明白的，尺有所短寸有所长，发现自己的不足，才能更好地知道现在开始该如何弥补。

请一定要发现自我。简言之，就是要知道真实的自己究竟是个怎样的人。再去思考从现在开始应该如何修饰这个我。这种修饰就是个性。这种修饰可以是简朴的，也可以是华丽的。就像为赤裸的自己穿上衣服。当然了，一丝不挂还是隆装盛服都是你的自由。自我本身不变，不管穿什么都尽显个性。

本书的目的并不是回答什么是自我这个问题。只是想利用某一人的例子，让更多人去思考自己的本色又是什么，并以此为一个新的起点，走出一条属于自己的道路。

寻找自我，就是寻找崭新自我的起跑线，就是向平凡生活迈出的第一步。

第二章　食和住

让每天的生活丰富多彩

第三章 工作

工作中的规则和礼法

第一章

衣

成就自我的衣橱

从传统中学到的

很长时间为人们所接受，不曾在这世间消失的东西。

每当遇到这样的商品，总会想"这里面一定有什么特别之处吧"，想要知道其中的原因，希望能从中学到些什么。

比如传统服装。虽然标准化的设计一成不变，但其历经多年仍受人追捧。

"设计上没什么标新立异，甚至可以说是非常简单的设计，为什么却有吸引人的魅力呢？"

"同一种设计沿用了五十年、一百年，究竟是什么支撑着这种态势呢？"

看着这些传统商品，感到它们与我的工作是连在一起的，甚至与"让生活方式更加丰富的小窍门"紧密相接。

所以，我选择的是无论何时都不带任何特色的传统服装。没有修饰感，非常标准化的服装。

衣服当然是一种文化，二十多岁的时候，通过接触流行获得刺激。谈不上追赶潮流，但每次换季都会买新衣服的经历谁都有。

"被潮流触动，自己的心情会怎样变化？"

一直到三十五岁前，我都在不断尝试，享受着这种变化的心情。

有时会买到与之不相称的高价品，会感到矫情，会感到羞愧，"啊，这根本就只是为了自我满足嘛"。这些经历也可算是三十岁前的经验教训吧。

通过不断地试错，我突然想：

"穿着或是收纳，在精神上或是身体上，什么类型的衣物最能令自己放松呢？"

于我而言，对这个问题最好的回答就是传统服饰了。于是，"标准、传统、优质"，就成为我选择穿着时的标准了。

说到流行，不过是当下的一个信息而已，并不想有意识地把它带入到自己的生活中了。

"世界的潮流，现在变成这样了啊"，或者"最近，大家开始追这样的东西啦，这样的东西也能发表了啊"，类似的信息知道一下也就够了。

紧跟潮流，是一个需要不断消费的营生。我能理解追求时尚的人不停地买来一大堆新东西的心情，他们十分享受这一过程，而且这样的人有很多。

这当然也是一种生活方式，只不过不适合我，我也对此没有兴趣。

把这些劲头用到学习传统的方面会更有效。

"从一成不变的传统中究竟能学到什么呢？设计和风格不是都已经被规定好了吗？"也许会有人有这样的疑问吧。

其实，传统服装有很深奥的内涵。

不仅有记载的传统和历史，还包含了公司和创业者的理念。这世上还有很多我不知道的传统名牌。

而支撑这"一成不变"经营的，正是其品牌中所包含的一丝不苟、努力与诚实的品质。

一个季节只做一件良品，这或许就是大部分名牌能够成为名牌的原因吧。

然而，无论是成本上涨，还是被时代潮流所嘲弄"现在这个时代还要花费如此功夫，简直是傻子"，抑或是被普通大众抛弃"那样的才是畅销品啊"，仍能不紧不慢地继续做着同样的东西，品牌精神实在令人折服。这其中也含着信念。更重要的是，对自己制作的物品充满了爱。

传统能够教给我们的东西还有很多很多。

衬衫

不管什么时候和谁见面都不要紧。

无论何时，我都能做我自己。

毅然振作精神，找回自信。

能有以上功效的高级衬衫，总是我的首选。

白色底色。扣结领、颜色正的衬衫。

一定要是单袖口、正统的样式。

虽然夏天会穿亚麻面料，但一年中还是更偏爱
牛津纺面料。

年轻时我一直穿"布克兄弟"的衬衫,也买过"玛格丽特·霍威尔"的棉衬衫。两者我都选择白色。

按理说,1818年创业的"布克兄弟"品牌,其设计在漫长的历史中多少都会有变化吧。但令人称奇的是,它的基本板型从来没变过。同样设计、同样颜色的衬衫准备上五件,感觉就能满足未来十年左右的衬衫需求了。我想,往后即便上了年纪也可以一直穿下去。

大体白色的衬衫,职场上自不用说,就算是在稍微正式一些的场合中穿着也不会觉得尴尬。其他浅蓝色的衬衫,则作为更休闲、更日常的装束。

这世上有很多条纹、格纹、花纹等各式各样的

华丽衬衫，也有很多喜欢粉色、橙色、黑色等颜色
的人吧。如果只有白色和蓝色两种颜色，也会让人
感到乏味的。

但是，好的衬衫，同样的一件也可以享受各种
各样的穿着乐趣。

比如，褶皱感。

我每天穿的衬衫从不熨烫。如果是高级衬衫，
用一般的洗衣机洗涤后，把衣服平展开小心地晾干，
就能做出很好的效果。既不会显得皱巴巴，也不会
有被压得平整的感觉，而介于这两者之间的触感我
也怎么都喜欢不起来。也许有人会说穿着舒适，系
上领带也很帅，至少看不到一丝慵懒啊。其实，微

妙的褶皱感会显得自然，反而会产生更好的感觉。

在公开场合，或是稍正式的场合，同样一件衬衫仔细地熨烫好，心情也会振作起来。原本不熨烫也没影响的高级衬衫，因为拥有良好的质地，齐整的剪裁和缝制，稍加熨烫就能完美呈现，派头十足。同样一件衬衫，根据不同的熨烫手法，就能享受完全不同的穿着乐趣。

总之，高级衬衫有着"无论发生什么都不要紧"的自信。无论何时，无论在谁跟前脱了外套，都不会觉得尴尬。

说到衣物保养，因为使用大量药剂的清洗方式会损伤布料，所以在家洗衣服的时候，稍加熨烫的方式会比较好吧。

说到"熨衣服"，可能会被认为是很费时的事情，其实并不需要不留死角地熨烫。无须用浆，只需轻按领口、袖口和前襟，这样就足够了。花不了多少时间。

自己洗涤、熨烫后，渐渐就能知道衬衫的构造了。因为再细小的地方也会留意，所以有了鉴别"好衬衫的眼力"。收纳时不要叠成小块，而是挂在衣架上，就能保持完美状态了。

穿搭这一点，再多说几句，领扣一般是扣好的，春夏秋冬基本都选穿长袖。短袖怎么看都很孩子气。成年男性的话还是穿长袖吧，热的时候把袖子稍微卷起一点儿不就行了吗?

　　不要在衬衣里再穿内衣。尽管不太可能透过衬衣看见内衣的轮廓或花纹。即使是在隆冬,也请直接穿上衬衫。这也是一种男人的优雅,不是吗?

　　将衬衫的下摆塞进裤子里,也是成人的着装礼仪。我想,也有人将衬衣的下摆露出来穿看作一种文化、一种时尚,不过说到底还是更偏向一种家居乐趣的感觉。因为衬衫原本就依下摆束进的穿法设计而成,按照原定的规则去穿会更漂亮,也许是理所当然的事情吧。

　　我认为,不管是女性还是男性,认真穿着最为基础的衬衫,对于理解"衣服的本质"也大有助益。

夹克衫

我的夹克衫是作为工作服制作的。

没有"设计师是××"的噱头，也没有"××
人御用"的评价。没有"××品牌"的标签，因
为太过普通，看见的人也不会格外注意。

不起眼，不会留下印象。我穿了什么，对方很
快就忘记了，原本也从未记得过。就是这样的夹
克衫。

因为工作的关系，即使不穿西装，夹克衫加上一条领带也就足够了。关于夹克衫，我觉得便于活动这一点十分重要，类似于工作夹克这样的衣服就很合我口味。比起英国绅士的装束，还是带点儿英国农夫工作服趣味的衣服，更适合日常穿着。

深藏青色。椭圆领、三颗扣。同样设计的夹克衫棉质和麻质的各两件，总计四件。因为深藏青色不管是见什么人，在何种场合都能轻松应对，在我看来是个百搭的颜色。这些夹克衫全都出自英国郊外诺福克北部一家名叫"Old Town"的小店。

Old Town 的衣服绝不是什么高档品。毫不出奇的朴素样式，却是匠人们经年累月一点点裁剪而成的。毕竟是成衣店多少都会有些存货，但大多数情况都是有了订单才开始不急不躁地投入生产。对于夹克衫，合适的尺码与便于活动同样重要，因为店家对尺码把握得极为细致，所以总能买到量身定做的尺码。从下单到收货往往需要花些时间，自己都快要忘记这回事的时候收到货物，又是一种别样的乐趣。在日本可以通过官网订购。

简单的线条。调和的细节。扎实的手工。

这三点大概就是 Old Town 设计的要点吧。也许不能称其为"设计要点"，但正因为牢牢把握住了这几点，我才能一直安心地买 Old Town 的衣服吧。

选择夹克衫的标准就是将夹克衫挂在衣架上或是搭在椅背上，远远地看去觉得漂亮的那一件就对了。是不是高级货，脱掉后离开一些距离看，是不是有好的感觉，就会明白了。

牛仔与裤子

深藏青色的夹克衫，灰色的裤子。

这就是我工作装的定式。这个搭配大体万无一失。

因为夹克衫一定是深藏青色的，下面搭配的裤子就只能是灰色或者米黄了。如果同是深藏青色总会觉得怪怪的，卡其色搭配也算马马虎虎，但又稍显呆板。

冬天会穿法兰绒上衣，所以也会穿羊毛材质的裤子，但通观一年的穿着基本还是以纯棉裤子为主。同属传统服装，挑选方法和夹克衫差不多。

虽然现在也流行窄裤腿、七分裤，但如果要选商务通用的穿着，还是首选高级品的基础款。清洗多次也不会走形，稍加熨烫就能显得正式。从这方面考虑，与夹克衫一样需要看重品质。

我们总是更爱把钱花在上衣、外套这些穿在上身更加"显眼"的衣服上，其实对于男性下身穿着更加重要。裤子总是被忽视，但其实占据的比例也很大，不如用心地挑选一下，如何？

休息日或是不见客户的工作日，我也会穿牛

仔裤。李维斯501。几乎无人不晓的款式，我从十四五岁起就一直穿这款了。

牛仔裤原本就是工作服，稍微穿得宽松一些会更方便活动。因为流行也有男性选择窄脚纤细款的牛仔裤，但从牛仔裤本身的性质考量，总觉得有点儿别扭。

T恤配大一号的牛仔裤，再加上正合身的夹克。这样的组合既方便活动又看着舒服，不是吗？

手表

"让人忐忑不安的手表，我不戴。"

如果有人问我选择腕表的方法，我会这么回答。

痴迷手表的人很多。尤其是男性，与车、音响、电脑之类并列，最花钱的物件之一就是手表。也许是因为作为唯一的装饰，或者带了点儿身份象征的要素吧。

好手表有很多，价格当然也不菲。一件高级 T 恤也不过两三万日元，但若是手表数百万日元的也不稀奇。即便不是高级品，只是一款传统手表，像精工这样的国产货也要十万日元，劳力士、欧米茄的话还会更贵吧。

然而，无论多么好的手表倘若不符合佩戴者的年龄，"对他而言就不是一款好的手表"。

二十岁的人就算戴劳力士，也不会被认为是正品。勉强买来一块卡地亚，特别郑重地戴上，那样子也谈不上帅气。

不管价格多么昂贵，手表也只是日用品、生活用具而已。总免不了碰到哪里，落地上，磕坏角儿这样的事。选择"磕坏了也无所谓"不会为此担心，可以随心使用的手表。

不会忐忑不安，平时不用太小心，能够随心佩戴的手表。

我认为这才是"对他而言一款好的手表"。请选择与年龄和收入相符，合乎身份的手表。

不仅是手表，全身上下的穿着佩戴都要注重整体的和谐感。倘若夹克衫、鞋、包都是平价物，只有手表是高档品，别说身份象征，连形象都感觉不好了。

当然，也不是说只看着价格选就可以了。手表是能吸人眼球，体现主人品位的东西。

　　虽然只是个人趣味，但那种镶满钻石，块头大而华丽的手表，怎么都觉得透着傻气。那种既不贵也不便宜的半吊子货，为了自己佩戴敷衍塞责地选上一块，也请算了吧。

　　我想推荐两个款式，精工的传统款或是斯沃琪这样的休闲平价款。年轻的时候自然是偏向轻便款，三十岁的话会选择更稳重的款式。介于两者之间的款式是不存在的。不显眼、设计不突兀的朴素款，谁见了都会留下好印象的。

　　我现在用的是与我出生同年制造的劳力士Explorer。磕碰或是摔落都不需太担心的一款。

但我并不是抱着"是成熟男性所以要戴劳力士"这样的心情买的。

现在因为有了手机，在日本不管是车站还是小店，在哪儿都能看见时钟。日常中手表渐渐变得不那么重要了。

这么想来，不必焦虑地选择手表，也可以选择"不戴手表"啊。尤其是女性，反而是不戴手表看起来更漂亮。

鞋

"穿手工鞋。"

如果说对于鞋我有什么美学理念的话，就是这条吧。

手工鞋一看就很漂亮品质上乘，但它最有魅力的地方却不是这点。

如今制造技术长足进步，就算是机器生产的鞋，一眼看去也有很漂亮并且品质上乘的。

可是机器生产的鞋都穿不长久。就算修也顶多能修修鞋跟，遇上鞋底整体磨损、开线、脚尖开裂这些情况时，就算是很喜爱的一双鞋，也只能处理掉了。

"找一双合脚的鞋"真是一个难题。众里寻他千百度，可不是件简单的事。穿着习惯、舒服的一双鞋，因为一点儿小毛病而不得不放手，实在是很遗憾。

就这一点，手工的鞋不管有什么问题都能够修理。因为原本就是用手一点一点做成的，大部分的问题都能解决。

一双很合脚的手工鞋，精心保养，有时候稍加修理。经过很长时间仍然慎重、爱惜地穿着。如果有这个意识，就不会随意地挑选鞋子了。对那种会迅速过时的流行款的热衷态度，也会自然而然地改变。

鞋子是衣服和时尚的中心。穿一双好鞋会给人带来自信。

鞋子还与"行走"这个生存方式有很深的关联。不管看上去多好，如果穿着不舒服，总归是不行的。想要认真选一双鞋，那么选择方针就成了选择合脚且合乎身份的鞋。首先选择价格和穿着感都适合自己的鞋，然后再从"与这双鞋搭吗？"这个观点出发来选择衣服。

我的鞋是极普通的直型鞋。最简单的系鞋带的款式。不带个性的设计，即便穿很久也不会腻。

黑色和茶色，预备同一样式不同颜色的两双，大部分的衣服都能搭配了。

如果非要在这两种颜色中挑选一种，我推荐黑色。茶色有点儿太过日常，很难胜任正式场合，适用的场合比较有限。

虽然我也有运动鞋、雨靴，说到底只是例外。

大雨天需要一双橡胶长靴，但因为并不是为了走路而设计的，走起来会觉得累。运动鞋看起来很轻便，比较难搭配，所以只要没有特殊情况就不穿。大雨天什么的当然是例外。基本上，穿便服的话也会配皮鞋。

选择与自己身份相称的鞋的标准就是夹克衫的价格。

三十岁上下，穿五万日元夹克衫的人比较多吧。我认为买与它相同价格的鞋子刚刚好。

我二十岁左右的时候就买过五万日元的鞋子。就好像第一次买开司米毛衣一样的心情。狠下心才买的，从很多意义上来说都是一次改变了我的流行观和价值观的体验。

鞋子是一个叫奥尔登的美国品牌。这家公司自1884年创业以来一直在做非常正统的商务皮鞋。

大衣

　　我深深感到，有一件暖和的大衣就能过完整个冬天。

　　"五年前冬天见面时穿的大衣，今年冬天再见面时，仍旧穿着。"

　　如果遇见这样的人，一定会给我留下好印象。我会觉得，好厉害啊，是很爱惜东西的人。无缘由地感到高兴。

　　衬衫也好毛衣也好大衣也好，不轻易改变"自己曾经喜欢的东西"这一点,不是很棒的一件事吗?

然而就算很爱惜,事物也有它自己的寿命。弄脏了、磨破了,"虽然很喜欢,但是穿不了了"这样的时刻总会到来。

这时我会去同一家店再买一件同样板型,同样颜色的衣服。

传统店铺的优点在于,在眼花缭乱的时尚业界,允许与时代背道而驰的行为存在。

我的大衣有粗呢大衣、毛大衣和雨衣。

有这三件大衣对我来说就够了。穿旧了大概会再买一件一样的吧。采取这样的姿态，大概也是因为考虑到样式多变的衣服不符合自己的衣服观。

"今天穿什么呢？"每天早上都要为此烦恼，对我来说可不是什么愉快的事情。事实上，是个负担。

因此不管要见谁，事先就能决定好穿什么，是一件轻松愉快的事情。无论是雨天，还是换季的时候，能毫不费力地选好"今天穿的衣服"会更安心。

但这只适用于男人，要是女性也遵照这样的准则，也许就太可怜、太无趣了。没有享受不同季节时尚的玩乐心，不管是女人自己，还是欣赏她们的男人，都会觉得烦闷吧。

雨天的装束

雨天宜买花。空气潮湿没有阳光，就会渴望一些生机。虽然只是一束小花，但房中有了生命，一下子就明亮起来。

我却从不会在雨天穿着艳丽地出门，或是打把颜色鲜艳的雨伞。

我的雨衣是米黄色的。毫不起眼，和神探可伦坡穿的那件正统竖翻领雨衣一个样。下大雨的天

气穿的雨靴也是一样，极普通的样式，没什么好
说的。

伞因为靠近手表，是选择品质优良的手工伞还
是塑料伞呢？这两个选择是两个极端，或者干脆不
打伞在雨中漫步来得更好。

我一直爱用英国品牌 Brigg 的伞。虽然不做
拐杖用，但折叠起来拿在手上走路时会觉得十分
称心。简单传统的着衣风格的话，雨伞还是传统
样式更搭吧。

即便如此，我仍深深感到，好的东西看上去是
多么质朴。

从 1750 年开始以生产马具和皮具为主的 Swaine Adeney Brigg 制造的伞，正是一把拥有正统血统的"真正的伞"。

来自多雨又有手工制作传统的英国。为英国皇室制伞已有百年历史。然而，我称它为"真正的伞"却并不是出于这个理由。

从儿时起就是一把无人不知的伞。一直保留着司空见惯的基础样式的伞。正是因此我才说 Brigg 的伞是一把"真正的伞"。

"再怎么是一把真正的伞，对于追求明丽生活的人来说也太朴素了吧？"

这么想的人请一定要买一把这样的伞，实际感受一下。

咚咚咚咚。当雨点打在以可靠技术结成的上等丝绸伞面上时，那声音如同小太鼓的鼓点一般，实在让人激动不已。

听着美妙的雨声行走，连雨天都会倏忽间明亮。

睡衣

"回家之后，我换了两次衣服。"

当我听到女性朋友说这话时，着实吃了一惊。

她说，一回家就立刻换上家居服放松，洗过澡睡觉前再换睡衣。

其中家居服又分为两种，"绝不能见人的家居服"和"略显时尚，稍微收拾下就能出门的家居服"。

对女性来说，也许并不是什么稀奇的事。可是，"穿家居服的男人"究竟会有多少呢？

平时穿工作装的人，为了放松也许会有运动衫吧，回家后换上运动衫，睡觉的时候也穿着运动衫。这样的运动衫，与其说是家居服不如说是睡衣更合适。

或者也有我这样类型的人，外出时如果穿的便装，回家后仍穿着那套便装，直到睡前才会换上睡衣。

如果家居服是女性专有，女人从时尚的家居服到纯粹的睡衣，享受这其中的各种变化也是很好的。

另一方面，对于穿着只有外出服和睡衣两种选择，而与"家居服"无缘的男性来说，那就在睡衣上稍微多下点儿功夫吧。

　　我把睡衣看作是衬衣的延伸，选择布克兄弟的白色和水色。材质选牛津纺和亚麻。

　　虽说只是睡衣，但一身下来价格也不便宜。

　　一想到"反正也没人看，花这么多钱也没什么用啊"就会犹豫"该怎么办呢"不知该不该买了。对睡感的要求每个人都不一样。也有人穿着 T 恤或内衣也能睡得很好。

尽管如此，睡眠时间也占了一天之中相当大的比例。

　　如果考虑一月、一年、一生这样大的跨度，那更是十分漫长的时间。穿着上等的睡衣，体味美好的睡感，也不赖，就算一点儿小小的奢侈吧。

　　上等睡衣的睡感，值得体验一次吧。

包

如果可以的话，真想一直一直空着手啊。

尽量少的行李，轻松生活。

考虑到随身携带的物品，我觉得这是一种理想。

所以我在空闲的日子基本都不带包。夹克衫的口袋里只有手帕和手机。虽然有时也带钱包，但就一张卡，轻松地放进口袋，基本能满足大多数需求了。

办公用具也尽可能地减少。文件、笔记用具什么的，尽量不要随身携带，放在家里或者办公桌上就可以了。

工作时随身携带笔盒、手账这些最基本的办公用具。用来收纳手霜、精油、头痛药这些的小包。最多到这种程度。

作为主要的公文包，用手提包样式的编篮。其他也有皮革公文包，别人送的爱马仕灰色手提袋等，加上编篮。然而，并没有类似"就是这个！"这样值得一提的包。

"理想状况是空手，提包已是其次。"

也许是因为这种观念太根深蒂固吧。虽说如此，却仍然坚持选择提包要"与鞋子颜色相配"这一基本原则。

本来男人空手是有理由的。道理很简单，因为出门东西少，衣服上又有很多口袋。

女性的话，就算没什么事，也几乎没有人不带包。虽然有很多衣服上没有口袋这一现实理由，但假使穿着浑身是包的夹克衫，大概也很少有女性会选择空手吧。因为包和鞋是整体协调的一部分吧。

虽然选择什么样的包是个人的喜好问题，但谨慎地选择一个好包长期使用的人很不错。每次见面都背不同包的人，也许是时尚吧，我却会想"为什

么这样呢"。总之，与衣服协调是最重要的。日常
便服搭配豪华的奢侈品牌会很奇怪，穿着很上乘的
人却背着一个做工粗糙的包，会让人感到不可思议。

最好知道包和鞋是旁人关注的一个要处，"啊，
这个人喜欢这样的东西啊。是这种格调啊"。

每一季的名牌新款，这一年的流行款……这些
关于女性包和鞋的资讯越来越多。但是要想了解正
统高级品的消息，多关注皇室的人就会有新的发现。

皇室的服饰对于一般人来说是特殊的，也有别
于时尚杂志上刊登的"时尚"款。然而对于包和鞋
而言，他们所穿用的真的是最标准的，是最好的东
西。不是什么特别的名牌，大部分是国产货，但都

是上成品。

尽管不是路易威登、香奈儿的限定款，但品质在其之上。据我推测，日本桥附近老字号店铺里的精选卖场会有，感觉如何呢？

日本皇室女性手中小提包的美丽针脚，正统女鞋形状优雅的后跟，只需看看这些就会让你学到与众不同的东西。

毛衣

女性比男性更适合穿羊绒衫。

很自然地驾驭那种柔和的质感。

要想更突出针织的柔和感，最好别穿得太厚。

不管多么寒冷的冬天，不臃肿的姿态总是最美的。

女性的话，建议尽量避免运动样式。

有人会说"没有运动时穿的毛衣啊"，我所说的运动样式不是指用途而是指印象。

带 logo、条纹、编织花纹的样式，就算是针织品看着也像运动服，感觉非常随意。

原本针织衫穿的就是材质本身，不需要装饰和设计。色彩的选择有很多，不显眼的基本色比较稳重。

我的毛衣有灰色、深藏青色和茶色三种颜色，我觉得即便是女性准备这三种颜色也够用了。

挑选毛衣，最重要的还是挑选材质。

现如今羊绒已经不是高档品了，但无论怎么合适，也不要购买极便宜的羊绒。在财力能承受的范围，尽量选购价格对得起它的品质和制作者工艺的羊绒衫吧。

把眼光投向羊绒本身，即便不是骆毛、羊驼毛这样的高档品，也还有很多高级羊毛。

我认为针织衫是贴身穿着的，样式选圆领或直筒领。

特别喜欢直筒领。领口包裹得很严实，显得郑重。直筒领不管男女都适合，正式场合也能驾驭，冷天的时候还会特别温暖。

眼镜

最引人注意的装饰品。

眼镜对于一些人来说是不可或缺的必需品，眼镜里也加入了很多时尚要素。眼镜成了一种流行，有人视力很好却要戴着眼镜，平时喜欢戴太阳镜的人也不少。

既然是装饰品，和面部融为一体，眼镜自然就能反映出那人的个性。

"黑边很帅气。"

"今年流行金属框。"

虽然也有潮流的影响，但我认为最终还是要选择适合自己的。脸型、个性、穿什么衣服、做什么工作。如果是综合考虑与"自己"整体相称的眼镜，就可以随心所欲佩戴了吧？

就我自身喜好而言，反而不喜欢太精于设计的款式。色彩丰富的，金属效果的，有铁链的，我从一开始就不会选择。我的眼镜都很普通，不打眼。

也许因为我本身视力就好，最近有时还会用到远视镜，所以对眼镜没有特别的迷恋。

最基本的一条，因为是戴在眼睛上的，眼镜一定要保持清洁。挑选设计清爽的镜框，比如擦、洗等镜片保养也要注意不要懈怠。

关注漂亮的进口眼镜、超廉价的眼镜以外，看看平价的日本眼镜如何呢？像福井县鲭江市这样优良眼镜的产地在日本还有很多。

试着探索一下"国产眼镜"，也许会邂逅很多意想不到的老字号产品哦。

手帕

每天都必用到同一样东西。

我认为没有比这更令人心情舒畅的事了。

总是很干净，使用的时候很舒适，给人的印象也很清爽。无意识地做好这些准备，每天都会觉得活得很健康，每天都过得井井有条。

对我而言这样的东西就是白色手帕。爱尔兰漂白纯亚麻布或西岛棉的手帕，我有 20 条左右。

每天换着使用，有 20 条的话就不会那么快变旧了。没有品牌的缩写、没有特别的因缘、没有什么特别设计的白色手帕，除去麻和棉材质的不同，它们看起来都一样。

但是，这个"不知道哪个是哪个"全都一样的东西，准备好后心情会非常愉快。

虽然不像女性有那么多可选性，但若是我有格子或各色的手帕 20 多条的话，每天准备出门前，又会花时间在犹豫"今天用哪条"这样的问题上了。这会成为负担。

另外，随便使用"不知为什么，不知不觉间就在家里了"这样颜色鲜艳类似头巾的手帕是很危险的。那天若有一场期待已久的会晤，在他人面前拿着这样的手帕拭汗怎么都会觉得不好意思吧，我可不想有这样的体验。

所以才要选爱尔兰漂白纯亚麻布或西岛棉的手帕。虽然一条手帕就要四五千日元，但使用感是特别的。值得我们坚定不移地追求。

热天用小毛巾很少见，不分男女的手帕毛巾怎么都看不出它的美感。也许实用性很强，但用那种东西本身就会让人觉得土气。

英国有专卖爱尔兰漂白纯亚麻布的店，不久前每次旅行都要海淘一些回来。现在日本的 blooming 中西公司的商品也很齐备，在百货商店就能买到了。

帽子、围巾、手套

冬天特别觉得寒冷的日子越来越少了。

纯粹只是为了御寒而将帽子、围巾、手套三件套都穿在身上的人也越来越少了吧。

如果是挑选突出搭配的小件，我想还是不要在身上穿太多的好。也就是"如果要戴帽子的话就不围围巾"这个意思。

我们生活在日本这个被称作"世界中部的都市"，并不需要应对极端寒冷的策略。我因为只在夏天戴帽子，所以自然不会将这三件套都穿在身上。

夏天的帽子是一顶巴拿马草帽。很久之前在伦敦一家叫作 James Lock & Co. 的帽子店定制，就一直戴着。

每个人头型都不尽相同，比起单纯靠"头的大小"来买，还是认真裁量尺寸做成的更加漂亮。如果想要找一顶合适的帽子，量身定制一顶尺寸合适的帽子才是最好的办法吧。

春夏秋冬，总是女性更乐于享受各种时尚。

我觉得像"戴定制帽子"这样爱打扮的人增加一些也好。

不只是帽子，对于围巾也是女性追求的乐趣更广。每个季节素材都在变化的长围巾，我想很多人是为了强调它才这么做吧。

我的做法和强调却正好相反，围巾总是和针织衫一个颜色。

穿毛线衣的时候围巾也是毛线制的，穿羊绒衫的时候，围巾也是羊绒或是和针织衫质地一样。

至于手套，虽然也有毛线织的休闲款，但还是稍微正式一点儿的皮手套和皮鞋的颜色更搭。

本应强调的"三件套"也以融入全身装束使之和谐为目的。也许有些乏味，但确是安心愉快的做法。

价值与快速时尚

镶嵌钻石的手表价值不菲的原因，谁都知道。

设计精致、装饰豪华的奢侈品即便带着足以令人惊叫的价牌，大多数人对此也不过嘟囔一句"原来如此"。

可是一块四方的白色手帕如果卖五千日元的话，大多数人却会想"为什么这样一块手帕就卖这么贵？"

就连我也不例外。

只有一点不同，或许是我的个人倾向吧，每次一想"为什么这么贵"时，并不会因为"还有很多和这一样却便宜很多的手帕"而对此置之不理。

"又朴素又简单，谁也不会留下印象的设计，却有那样的价格。我想知道其中的原因。"

这么一想，便来了兴趣。

我买了那块手帕，试着用了一下，就有了新发现。

比如爱尔兰漂白纯亚麻布制成的手帕。

与廉价品完全不同的肌肤触感，如果不亲身使用是无法体会的。

继续使用了一段时间，又有了进一步发现。包括，不管怎么清洗都不会变形的特质，亚麻优良的吸水性和快速干燥的特性，以及长期使用也不起皱，能一直保持四角的坚挺和美观的品质。

比如高级的手工鞋。

买来迫不及待地试穿，立即被它那良好的穿着体验震撼。穿得越久越能感受到一双好鞋对整个身体的影响。与普通鞋带给人的疲劳感完全不同。

因为太喜欢而过度使用造成的破损，经过修理就能完全复原的可靠品质，给人一种全新的感慨，犹如"遇见了能穿一辈子的鞋"。

一旦我觉得是个好东西，就会想知道更多关于它的制造者的事情。于是逐渐了解到，大多数这样产品的制造者都有制造高级品的悠久历史，他们的产品跨越时间被越来越多的人接受，并融入了他们的生活。

于是，又生出了新的兴趣点。

"经年累月一成不变地秉持一颗打磨高级品的初心是如何做到的呢？而这些产品能够不被潮流趋势左右，一直为人们接受的原因又是什么呢？"

也许这就是所谓的"向传统学习"。

总之，在选择上身之物时，我有两项基准。

一、不以设计而以品质作为定价的基准。
二、经过常年打磨的高级品。

这两项基准也正是唤醒"求知""求学"这种探究心的契机。

我当然不是什么富豪，喜欢什么就买什么于我也是不可能的事。对于奢侈品也无特别的喜好。

只不过也没有"淘便宜货"这种心态罢了。

快速时尚大行其道，巧妙利用不断涌现的廉价商品的潮流，在我看来是一种浪费。

从一件廉价品扑向另一件廉价品，连什么是好东西都不知道，不过是浪费时间罢了，也不会有"从挑选物品中得到的成长和学习"。即便能从廉价装扮中得到片刻欢愉，我还是很讨厌那样的事。

相比我更喜欢在自己的能力范围内挑选好的东西，然后爱惜地使用。

买不起的高档品，也会变成"什么时候自己也能买得起就好啦"的憧憬留在心里。

这么说听起来也许太禁欲主义了，但我想这样也有这样的快乐。

当然，如果全都是正统的物件也会让人窒息，生活中也需要游戏的部分。这个只要掌握好自己的衣橱和购物周期就可以了。

首先，"衬衫五件、针织衫三件、裤子五条、袜子十条"，这就能决定你衣橱的容量了。

其次，"等衬衫袖口磨了再买一件一样的"，如此什么时候买什么东西，购物计划表也就有了。

这之后，"每年一次，带着玩心挑战一下自己从未穿过的款式。这样买来的东西两年处理一次。"把这项要素添加在计划里。

这样一来，在自己愉快的生活中，什么东西该买多少，买什么合适，就都知道了。也不会有只买固定样式的压力感了。

更重要的是，终于能从塞满物品的生活中解放出来了。

第二章

✳

食和住

让每天的生活丰富多彩

家庭

我想家庭不应该成为工作和生活的负担。

"一家人，当然要在一起咯。"

"这种事，要是家人，肯定就明白了。"

"是一家人当然要帮一把啦。"

我想很多人无意识地就会这么想。由此可见家人之间的羁绊，无法用肉眼看见的关系网是很强的。

家人的存在是巨大的依靠。

但是，也正因如此，才会陷入过度依赖。

习惯了一起生活的愉快，我们在不知不觉中忘记了对家人的敬重之心。

淡化了自己与对方的界限，从亲密感中得到快乐，但这不完全是一件好事。

抱着"当然要 ××"态度的人，如果你的家人总是依靠你、依赖你、什么都麻烦你，这种关系就会慢慢变成负担。

"妻子当然要做饭洗衣啊。"

"丈夫当然要工作挣钱啊。"

"孩子当然要对父母言听计从啊。"

一天又一天，无声中施加许多"当然要求"，任谁都会疲惫不堪。

因为是一家人，当然会有亲子之情、伴侣之情。"因为爱，想要做更多。"自己也时常会这么想。

然而，人与人之间，不只有爱，尊重也是十分重要的。

将对方作为一个人尊重，为了更加自立而互相帮助，有时这比爱更重要。

比如因为是孩子所以什么都想为他做，结果让他成了"没有你什么都做不了"的人，这不是爱，而是阻碍孩子成长的行为。

原本"孩子的事情都是自己的事情"，这种压力对父母来说是一种负担。随着孩子成长，"不管什么事都要插手"的父母本身对孩子来说也是一种负担。

虽然出发点是爱，但这种关系对两方来说都是不幸的。不只是亲子间，夫妇、兄弟姐妹间也是如此。

不论喜恶，都应该尊重家庭中的每一个人。

不管是有血缘关系的人，还是结婚多年的夫妇，都要认可每个人都有每个人的世界。

不管多么爱，多么亲近，都要相互理解：每个人都有"不想让别人跨过的界限"。

我相信以这种前提建立的信赖关系才是家庭的支柱。

同事也好，朋友也好，在社会上可不会总有一个默默付出的"母亲"的角色。而在我们近旁的家庭，把它看作"社会"的最小单位，又如何呢？

将家庭看作最小的社会，就不会有"因为是一家人当然要××"这样的依赖心了。将对方看作一个"个体"来尊重，即使是一家人，当对方为你做了什么时，也不会忘记感激之情。

在家人之间建立这样"不忘尊重的原则"，对于以后走上社会也是很好的锻炼吧。

家庭原则这个词太死板，也许有人会觉得很怪。

"又不是在社会上，原则什么的太见外了。"

这么想的人也有吧。

只是，住在一个屋檐下的一家人也并不总是在一起的。

大多数的家庭中，母亲都是交流的中心。有母

亲和孩子、母亲和父亲"在一起"的时候,但全部
成员在一起亲密交流的时候却并不多。

孩子小的时候活动还很多,孩子越来越大,渐
渐变成"不知为什么虽然在家但好像就没有好好在
一起的时间"。

尽管如此,但要召集大家"来吧,来个家庭聚
会吧",又似乎很不自然。

孩子有孩子的世界,父母有父母的世界,也许
每个人的生活方式都不相同。每个人喜恶不同,自
己感到心情愉悦的时候不能说:"因为是一家人所
以大家都有这样的感觉。"

我们家是我和妻子还有女儿的三口之家。女儿如今长大成人，我依然觉得无端增加和家人在一起的时间是件很难的事。但尽管如此，我仍然认为原则是十分必要的。

"一直在一起，因为每天都见面，即便沉默也有默契。"

这样的"家庭幻想"还是舍弃得好。

"就算见面的时间很少，也要互相爱戴、互相尊重，一起建立信赖关系。"

在这样的家庭意识下，就会认识到原则是多么有用，多么重要了。

我家的原则，第一是问候。

"不管多么疲惫，多么不舒服，遇上事情多么生气，对家人的问候绝对不能少。"

问候对于抚慰生活和心灵都十分有效，正因为是家人更不想忘记。

"自己讨厌的事情绝不让对方去做。自己的事情自己做。"

这就是第二个原则。为对方着想的同时，也能防止某一个家庭成员总是需要承担巨大的负担和忍耐。

"为了家庭我要忍耐"这样的想法，被一些人当作一种美学挂在嘴上。然而，"牺牲一个人幸福所有人"这样的事，无论是对于家庭还是对于社会，都是不可能的事。

让别人幸福的方法，首先是让自己幸福。

家庭里每一个人作为"个体"都感到幸福，那么家庭的每一个人才会幸福，我是这么认为的。

私人空间

早上、中午、晚上，都是一个样。

在家想喝咖啡时，我总是自己动手。

打开洗衣机电源烘干衣物是妻子的事情，我和女儿会把自己需要洗的衣物整理好。确认好衣服的口袋里有没有落下东西，然后自己放在洗衣机里清洗。不这么做就永远穿不上洗好的衬衫。

打扫卫生时，"这一部分由我来做"，毛遂自荐分担一部分工作。厨房是妻子的范围，浴室是我的范围，如此这般。

如果不这样，那么所有的清扫工作都将是一直在家的那人来承担了。不要让它成为某一个人的负担，想不到这点就会造成不公平。

女儿、妻子和我，家中的三口人，每个人都有一间属于自己的房间。

每个房间里都铺着定制的同一种地毯，每间屋子都有床。在自己的房间里读书、思考。

虽然不锁门，但互相都不会进入别人的房间

打扰。作为家中唯一的男人，我很少去妻子和女儿的房间，房间里变成什么样了都不太知道。

书、衣服、小收藏、不共有的"私藏品"都放在自己的房间里。

比如有很多鞋子，当公共鞋柜里"自己的空间"被占满时，就收进自己房中的衣帽间。

这样就将"自己的空间"和"三人共有的空间"明确划分出来。共同生活的每个人都保有自己的世界。这就是我家的方式。

"什么都自己做，有公共空间和私人空间之分，你家好像是合租房哦。"

来我家玩的人很惊讶。因为有自己的事自己做的原则，所以完全没有吃完饭后自动甩开碗筷的事。

但与所谓的冰冷疏离的关系并不相同。

我相信看重个体与看重家庭紧密相连。正是为了让家人聚在一起，聊各种话题，一起做些什么，保证"完全属于个人的空间"才尤为重要。

"只属于自己的避风港"对任何人来说都是必要的。

这一点对孩子来说也一样，看看女儿就能明白。

就算是个中学生，一旦接触了外面的世界，就会有和朋友啊老师啊各种各样人的交往。在这之中，想要完全做"自己"是办不到的。在扮演作为学生的自己，作为朋友的自己这样的角色吧。

回到家后，如果有家人在，也会如此吧。

扮演作为家庭一员的自己，作为女儿的自己。要说扮演这些角色的自己与作为"个体"的自己百分百一样，不太可能。

成年人的话，角色就更多了。

作为朋友的自己，工作中的自己，与人为邻的自己。

作为父亲的自己，作为丈夫的自己。作为母亲的自己，作为妻子的自己。在自己的父母面前，仍然是孩子的自己。

即便是良好的关系，即便互相信任，如果不能离开"关系中的自己"，没有一个"独处"的时间和空间，就会在人群中迷失了真正的自己。

有了一个人的避风港，就可以悠然地思考。自然而然地思考自身和自身周围这个狭小的世界。

经过这样的思考，开始明白家庭的重要，知道家庭的无可替代，从而更加想要与其紧紧相连。

至少在我家，正是因为有这样的避风港，不需要谁来召集"聚会吧",自然地大家会在客厅中一起度过属于家人的时光。

也许每个人的家庭构成、房间格局都不尽相同,如果私人房间很难做到的话,那么阳台或浴室也是可以的。

"这是自己的空间,来这里就可以独处。只有我一人。"

为了家庭和自己,尝试创造这样一个空间如何?

客厅原则

我并不认为什么也没有，像酒店一样的房间是理想的。

但是生活感太重的住所我也不喜欢。

家是用来放松的私密场所，但还是需要一些紧张感才是认真生活的感觉。

客厅的基调是白色和原木色。窗户上悬着木制百叶窗。

开放厨房，也就是所谓的餐客厅一体，其中占据最大空间的是一张栎木大餐桌。

在它旁边是同样木制的橱柜。因为和谐感很重要，所以是与餐桌同在一家店挑选的。

橱窗和抽屉组合的橱柜，不算高，上面还可以置物，装饰柜的设计感。上面放一个小电视正合适。

只挑选中意的餐具，因为最多买五套的原则，所以不需要大橱柜。

在客厅中摆放了极简的沙发。

"三口之家，能坐三个人就够了。"虽然也可以这么想，但还是留出几个空位心情会舒畅一些。

因为女儿长大了，最近变成了长沙发和单人沙发的组合。

餐桌和椅子。兼具电视柜功能的橱柜。沙发和小咖啡桌。此外，就只有白色墙壁了。

也养过猫，所以知道最好不要乱放东西。

有一个小空气净化器，悄悄收在家具的死角里。女儿的游戏机啊电子产品啊不用的时候一律收起来。客厅里有家人共用的电脑，因为是无线网所以也可以拿进自己的房间，因为是可以坐沙发时放在膝上的小笔记本，所以并不沉重。

这个世界总有太多新鲜事物涌现。稍微不注意，扰乱和谐的事物就会钻进来。仔细玩味，不要增加生活中多余的东西，不提高警惕可是很危险的。

因此，我推荐做减法。

比如我家的客厅因为是白色的墙壁就想在上面布置一些装饰，最后却只增加了一个时钟和一幅小画。

地板是复合木地板，原本想在沙发和餐桌的地方铺小地毯之类，最后也放弃了。不想显出刻意，可不管是小方毯还是厚毯子布局都太难了。如果选不到满意的，还不如什么都没有。

小东西，"好可爱啊，看中了"轻易就买了，是打破和谐感的罪魁。只能放下钥匙、印章这些小玩意儿的收纳盒，一定要慎重购买。

家具和摆设的素材、色调搭配，就不会有不协调的危险。木制家具配木制摆设，金属家具配金属摆设。同样是木制，茶色木或是松木样的明亮色感，都是可以的。

垃圾筐也要和家具协调。我家中大多低调木制家具，所以选用藤条筐。

因为我信奉"垃圾筐越多垃圾越多"，所以在自己的房间里不放垃圾筐。只在客厅、盥洗台和女儿房中放置。我家的垃圾筐就只这几个。厨余垃圾和塑料瓶这一类放在料理台下内置的垃圾盒里。花这么一点小小的心思就能减少很多东西。

唯一多的是照明用具。有好几盏台灯和小射灯。女儿的朋友来家玩时，惊叹"家里好暗啊"，间接照明的暗淡光线更能让身心休息，一下沉静下来。

客厅不是商店或办公室，所以不需要明亮到可以看清房间每一个角落吧。

尽量不要增加东西，不要破坏和谐感。从整体上做减法刚刚好。

比起用特别的物品装饰，每天认真地打扫卫生，就是最好的装饰吧。

桌子和椅子

到过很多国家，大部分的街区都设有广场。

教会、喷泉、巨大的时钟塔。

不管哪里的街区广场，都有一个地标。

欧洲的古老街区，蜿蜒曲折的道路纵横交错就如迷宫一般，可一旦到了广场，空间顿时豁然开阔。

不管是怎样的广场，附近街区的人们总会聚集在那里。

我希望餐桌能成为家庭的广场。

就像一个家庭广场，家人自然地在此相聚。

看报纸、做作业、读书，或者只是坐在那里思考。和家人一起做点儿什么，聊点儿什么。理想的餐桌就像一个自由的广场。

我家的餐桌，宽 190 厘米。虽然是三口之家，但坐六个人也是绰绰有余的。

因为要确保每个人有自己的私人空间，餐桌就成了唯一一个家人聚会的场所。

因为是想和他人共处时会去的场所，为了尽量待得舒适，要保持整洁。

总要打理得很干净，不摆放杂乱的东西。是一整块柞木板，发现掉漆的时候就补补。因为是认真挑选的东西，所以家里的每一个人都很爱惜。

家中的每一件家具或者小摆设都像宠物一样，是家庭的一员。

尤其是餐桌这种每天大家都能看见并会用到的东西，还是不要买"无论如何都无法喜欢"的样式吧。

家庭成员一起去买家具是我家的习惯。当然了，喜欢什么样的家具，每个人都有不同的想法。事实上，所有人能想到一块儿去的时候少之又少。

我觉得这个好，她觉得那个好，并不是哪一方更强势，哪一方不得不妥协，而是倾听对方的意见。"为什么这件更好，那件好在哪里？"这样一来，就会明白"啊，原来是这么想的啊"。直到相互接受。选家具也是和家人一次很好的对话机会。

与桌子一起还要挑选椅子。

餐桌用六把，我的房间和女儿房间各两把，都是相同款式的椅子。与桌子在同一家店购买。

椅子和鞋一样，如果不合适就会成为身体的负担。坐久了会让人疲惫的椅子很多，还是多多注意为妙。

不管是桌子还是椅子，并不是"越贵越好"，只是每天都要用到的东西，还是不要买太便宜的。

回忆自己童年时候，会感慨，"虽然当时不觉得，但真是生活在廉价品之中呢"。平时使用的东西都是量贩店的便宜货，但是出门的行头却要是贵的，这是不久之前日本人的价值观。

现在还带着以前那种价值观生活的人也不少吧。

"二十万日元的桌子绝不考虑"的人却淡定地背着十万日元的包，这种人怎么都觉得违和。一周也就几次背着包出门，但桌子却是每天都要接触的东西。

"十万日元的椅子"我也觉得很贵，但还不到特别奢侈的程度。

在让生活更丰富的物件上花钱，绝不是浪费。

考虑桌椅的设计和性能，北欧的良品最多。

一年中的大部都是漫漫冬日，寒冷入骨，外出体味自然的时间十分有限。

正因为在家度过的时间长，才积累了更多关于如何更好地享受家中时光的智慧。即便身在家中也能感受自然，北欧家具中融入了许多匠心，让你能够想象森林的呼吸、飞鸟的鸣叫。

我想北欧人的客厅中一定有一张如家庭广场般漂亮的餐桌。

马克杯和餐具

并不只局限于餐具。

家中的物品、室内装潢，最重视的就是和谐感。

比如晚餐的时候，桌上的餐具各式各样，颜色、设计也杂乱不一。这时，不管是多么可口的饭菜都将难以下咽吧。

将协调感放在餐具搭配的首要来思考就会知道

挑选什么样的餐具了。"超喜欢这款设计！"即便如此，想想与家人一起生活时，与其他餐具放在一起一定会显得格格不入。

女儿小时候，也从来不用有卡通人物画像的餐具。

即便是小孩子，把所有餐具放在一起让她看，对她说："只有一件上面有图画，会很奇怪吧。""嗯，是的呢。"她也能理解。

正是如此，我家的餐具都很简约。几乎没有任何纹路、没有任何装饰，不管是吃西餐还是日式料理都很搭。

也不必是匠人精心制作的艺术品，但尽量不要选择大批量生产的款式。

将机器制造的没有感情的东西一点点从生活中剔除，会更加惜物，更加怜悯，也会更加慎重地购物。如此一来，家会变得更加温暖。

家庭中交谈，在家中放松时的主角是马克杯。

在家中用成套的茶杯会觉得过于刻意，所以一般不会使用。简约设计的马克杯，准备六个，来客人的时候也足够招待了。

马克杯每天都会使用，想喝点儿什么的时候，它是个不会给人拘束感的朋友。

餐具强调协调的一致感，而马克杯是"my cup"这样的存在，家人根据自己的喜好使用不同的杯子。

　　一个人的时候，端着印有卡通图案的彩色马克杯喝水，这样的舒适感对于家庭也是必要的。

碗和筷

随着环保意识不断增强，有自己专用筷的人越来越多，但没人携带专用叉子、专用勺子。

大部分的家庭用餐时，盛饭都有"爸爸的碗、妈妈的碗"之分。然而吃咖喱饭、意大利面的碟子，几乎没人会说"这是爸爸专用碟，这是妈妈专用碟"。

稍微换一下思路，如果家中的餐具全都是一样的叉子、勺子和碟子，会怎样呢？

一套筷子，洗干净了，全家一起用。

一套碗，全家都用相同的碗。

舍弃了"个人碗筷"，餐桌上立刻整齐了。摆放着统一的碗筷，就算简单的晚餐看上去也赏心悦目。

"啊，搞错了，用爸爸的碗盛饭了。"

"咦，我的筷子哪去了？"

用谁的碗，用谁的筷子都没关系的话，这样的交流自然也就不需要了。

我以为孩子用小碗，大人用大碗这样的规定是毫无必要的。

我家的饭碗都比较小巧。小孩可以轻松吃完一碗的分量，大人则可再添一碗，这样大小就够用了。不过也有我个人偏爱的原因，相比"一大碗"我更喜欢添饭。

筷子是手工的柏木筷。我喜欢轻巧结实的东西。

准备好五套碗筷，来客人也不担心。至此，餐食的基本准备就已大功告成了。

虽然无数次提到我喜欢长久使用的东西，但筷子是个例外。对于上一年买的总会感到厌烦，新年时更换成新品，是每年的例行公事。

饭盒、锅、壶

一直以来都喜欢素朴的物件。

比如饭盒，和小时候用的一样，铝制方盒。使用时磕出些坑坑洼洼，淡茶色的铝饭盒。饭盒两端嵌着固定盒盖的金属扣。

因为密封不好，稍微倾斜里面的汤汁就会漏出来，就这一点绝不能说好用。但是，不管塑料饭盒有多方便，要论清洁感的话还是铝制饭盒。

将饭菜放进铝饭盒里，小心携带以防倾洒。米饭的话当然捏成饭团。吸去多余的水分，米的口感好，弹性也更好。

也有漆制的椭圆饭盒，带着它觉得非常漂亮。也能放有汁水的食物，发亮的漆色，让人感到外出的正式感。

不过现在用饭盒的机会越来越少了，不管是什么样的饭盒我都十分珍惜。

刀和锅是妻子的领域，我所知甚少，常用的锅是 Le Creuset 酷彩和 Staub。在日本也是很有人气的法国品牌。

这一套再加上做味噌汤用的柳宗理小锅，大多数的料理都能应付了。

如果为了图方便，厨房用具会一直无限增加下去。但如果决定好好利用过去那些朴素的工具，就不会做无谓的加法了。

大部分都是在东京同一家店买的，只有壶是海外淘来的古董。

在等待水开的那一小段时间，听着珐琅制的壶盖跨越时代的嗒嗒声，心情会格外地放松。

早餐

我家的房间如果可以被称为合租，我家的早餐就可以说是自助了。

各自选择自己喜欢的食物，在自己觉得合适的时间用餐。

全家人一起聚在餐桌前，一边吃饭一边聊天，是晚餐的事。对每个人都不是负担。

早上每个人的时间安排都不一样。早起的时间和出门的时间都不一样，大多数家庭都是如此吧。

我每天早上五点起床，其他家人还在熟睡中。根据身体状态不同，有时起来就想吃东西，有时却想等一会儿再用餐。这一点每个人都一样吧。一个人的话，不用顾忌别人，可以按照自己的想法开启一个早晨。

女儿也是，小学二三年级起就自己准备自己的早餐。想吃米饭的话就做点儿味噌汤，想吃面包的时候就做点儿汤，好像什么都会做似的。

妻子六点起，一边给女儿准备便当，一边吃点儿面包当作早餐了。

我的早餐一般是面包和咖啡。

早餐吃的面包，我总是自己买。

说到早餐，我家一般是自己早餐的食材自己来准备。女儿的话会依赖妻子多一些，但是我要是误吃了女儿或者妻子的早餐，她们会生气的。因为都是准备好了的"别人的东西"，所以还是不要轻易去碰家中的食物了。

天然酵母手工制作的面包，外国名店的面包，传统制法的朴素面包。

东京街头到处都有很多美味的面包店，外出时或者下班时可选择的店很多。

很多时候是别人赠送给我果酱和蜂蜜，每当这时我会很开心。有时也会自己买，最喜欢的果酱是蓝莓酱。

　　吉祥寺的一家面包屋，每一季都推出无添加剂手工果酱。我很喜欢老板引田香的姐姐自己做的鹿儿岛蓝莓酱，每年都很期待。

　　我喜欢英国科茨沃尔德地区的蜂蜜。没有经过过滤凝固体较多，涂在吐司上是能让人觉得幸福的美味。

　　和面包搭配的是加了牛奶的速溶咖啡。根据不同的心情，也会喝日本茶、中国茶、香草茶。

也许我家的做法在一些人看来有些极端了，确实是自我节奏的早餐。

谨守个人的领域，开启属于自己的一天，这样不好吗？

即便家人没有聚在一起早餐，但只要好好说一声"早上好"，家庭和自我的平衡感就找到了。

拖鞋

相当长一段时间，我都在寻找一双合适的拖鞋。

妻子和女儿在房里穿中东拖鞋。摩洛哥皮制凉鞋，据说在女性中很受欢迎。家人共同使用的东西很多，或许我穿这种拖鞋就可以了。也给我准备了不带闪亮装饰和刺绣的男性用鞋，可我一穿上还是会感到违和。

不久前我尝试把 BIRKENSTOCK 的凉鞋当作

拖鞋或者室内鞋来穿。虽然穿着很舒服，但因为是橡胶底很厚的外穿鞋，走起路来声音很大，就不穿了。

理想的拖鞋是款式简单、高品质的皮制拖鞋。

皮革这种材料要是太便宜就会因鞣不好而发臭，所以只选好东西。当然了，能穿得长久的才好。

但是，太高级的也很难选。在商场的精选卖场逛逛，虽然有很多漂亮的男用拖鞋，但一双就要五万日元。

像英国贵族在家放松时穿的那种黑皮拖鞋。又漂亮设计又简约，虽然觉得很好看，但又太过高级，与我、与我的住所都不搭调。

狠狠心，五万日元的价格也不是不能承受的。

只是五万日元的拖鞋，不合我的身份，与日常生活格格不入。一双拖鞋我觉得三万日元"就差不多了"。

虽然不喜欢便宜的东西，但太高级的理想型拖鞋，也不合适。

正因如此，在寻找一双适合的拖鞋上花了不少工夫，直到现在我在家还只穿着袜子。

"一双拖鞋而已，需要这么挑剔吗？"

也许有人会这么认为。

但是家用的物品，都是深入到自己生活最深处的物品。不想用"暂且这样""顺便吧"这样潦草的态度为自己的生活硬加入一个伙伴。

物品是一起生活的伙伴，所以抱着多么慎重的态度去挑选都不过分吧。

相伴一生的店铺

一定要有一家可以信赖，可以安心，"在这里买就不会有问题"的店铺。

有一家能相伴一生的店铺，就像有一位可仗恃的朋友。

除床以外的家具都是在世田谷STANDARD TRADE 这家店铺挑选的。店主渡边谦一郎是位兼做设计师的家具职人。

1998 年设立以来，一直由自己的工厂自己的工人供货，精心制造不加修饰设计洗练的家具。从定制到收货大概需要两个月时间，等待的期间不知为何总是很快乐。

定下了一家家具店之后，要添置家具、修理家具的时候就会十分方便。女儿需要一张书桌，想要一把更适合的椅子，沙发太旧了需要更换布艺。不管什么情况，只要去了渡边先生的店里就什么都解决了。

虽然总是毫不犹豫地买下，但因为都是一家店的东西，新搬进来的家具也像是很久前就买了一样，很好地融入了家庭。要说是买新家具了，不如说是迎回来一个朋友。

家中的照明也是 STANDARD TRADE 的设计。餐桌处的照明稍有不同，不过不管哪处都是简洁的设计，带着铁制的灯罩。

家具、餐具、生活杂物。

我觉得这三样都在"这家店"买就足够了。

厨房用具、桌布还有一些小物件基本在六本木的 LIVING MOTIF 就能买到。"夏天茶托可不能少""调料瓶坏了"这样的时候就去 LIVING MOTIF。算起来我和这家店的缘分也有二十年了。

柏木的筷子、西餐餐具、亚麻布品这里都有，有这方面需求的时候，不用在街上盲目地挑选，去 LIVING MOTIF 就可以安心了。

其他我喜欢的地方是松屋银座七层的设计精选区。需要什么的时候，要是 LIVING MOTIF 或是松屋的设计精选区都没有的话，我会等上一段时间再买。也许有人会说："那里的东西都很贵啊，一样的东西别处去找找便宜一些的。"

确实，精选品会有稍高的价格。

就我来说，就算决定了一家店，也不能享受自己喜欢什么就买什么的奢侈。

然而，到店里慎重地选择"这样的价格我也可以承受"的物品，与其说是一种别样的奢侈，倒不如说是一次踏实的购物吧。

最重要的是选一家能够长期经营而不是很快消失的店。通过长期接触，会有更多交流的机会吧。

也不会因为已经建立起信任的店，与自己品位相投的店消失而感到伤感。

香氛

"啊，我回家啦。"

推开玄关的门，一股幽香迎面扑来，心立刻安静下来。闻到起居室里常燃的迷迭香味，就感觉"啊，回家了"。

香，是家中看不见的一部分，同家具一样重要。

家具只能摆在家中，香却是可以移动的。

总是用同一种香料，即便是旅行地的酒店也可以像自己家一样。

我最喜欢的香味是迷迭香。

不太甜，就如步入了清爽之地。特浓香料的话可能不太一样，如果是纯正的迷迭香，即便瓶子或者标签的设计有别，容量大体都差不多，并没有特定的品牌。大型药妆店就能买到的可以轻松愉快地使用。

香薰机是在 MARKS&WEB 官网上买的。可以精准调节香味浓淡的功能非常方便，小巧的类似化学实验用品的独特设计，放在家中作为一种装饰也不坏。

因为是起居室、自己房间的必需品，也会用香薰灯。

最近迷上了 IMMUNEOL 的精油。一次脱口秀上，一同出席的料理专家高山直美推荐给我的万能药。在欧洲据说有医生把它作为预防感冒的特效药。

这种精油由桉树、迷迭香、茶树、日本薄荷、公丁香等九种天然香料混合而成。有青松的香味和森林的舒适感，皮肤干燥的时候可以涂一点儿改善皮肤，心情稍微低落或想要减压的时候，在手帕上滴上一滴，闻一下就好。忙了一天工作在僵硬的肩颈处涂上一些，能够起到放松的作用。轻微头痛的时候，想要转换下气氛的时候，都可以用精油。

高山女士给我试用了一下，我立刻就喜欢上了。我买了很多，自己当然会随身携带了，还分给公司的同事们，"对缓解压力很有效哦"。

外出的时候，把精油放在包里，不用古龙水一类的东西了。

睡觉的时候，有时会喷些香水香氛。

让床单和枕头沾染些香气，被自己喜欢的味道包围，情绪也会变好，轻易就能入睡。

爱用的香来自世界上最古老的药局 Santa Maria Novella。混合了藿香这种植物的古龙水，我也很喜欢。

有机产品

当我把牙膏换成有机品的时候，评价很差。

起泡少，味道也偏苦。虽然也是薄荷口感，但与平日用惯的牙膏相比还是区别很大。

但习惯之后就没有这样的感觉了。

洗衣服和洗碗用的洗剂、柔软剂，换成有机品后，身心都觉得更加清爽了。

平常用的大部分都是化学品。就算每次只用很少的量，这些化学物质也会在身体中积累。

过去我的家人和我自己，也喜欢弹性柔软的毛巾，清洗后喜欢用带香味的柔软剂处理。只是，一旦用过有机品后就再也回不到过去了。

因为是纯天然加工，香味淡雅，泡沫也少。不过习惯了之后，会觉得泡沫丰富的东西反而不自然。

洗发水用美国有机护理品牌约翰大师的产品。完全不含化学物质，最近喜欢用这家产品的人也越来越多了。

洗脸后的化妆水、润肤霜也都用有机品了。直接接触身体的东西，都尽量换成了有机品。

　　然而，这也与个人的嗜好、年龄经历的影响有关。

　　曾经问过一些人，我女儿是"完全不知道什么是有机品"，也问过自己的朋友，大家还在各种化学洗发水之间挑选尝试。

　　有机药材和蔬菜，是指种植过程中不使用化学肥料或农药，依照生态调和的有机农业理念种植的产品。作为中学生的女孩子，不能做到禁欲主义一般的"只选择有机"，而是凭着好奇心驱使尝试各种各样的东西，也是很自然的事吧。

花和花瓶

与找到一家美味的肉铺、一家美味的果蔬店一样，找到一家漂亮的花店也是一件幸福的事。

比如遇上高兴的事、值得庆祝的事时，需要给别人赠送花束。

对方的样貌和品位，自己的趣味和喜好。

选花这种事是很主观的。想要做成什么样的花束，不管怎样努力表达，如果是不能理解的店主最终还是无法理解。拜托给不太了解的店主，自己去取花时，拿到的却是自己无论如何不能接受的过于繁杂的花束。这种时候，因为是自己下的单又不得不提货。拿着这样的花束离开，看着眼前花哨的花束，会让步伐越来越沉重吧。要是再想想接受人会是什么样的表情，或许会如何婉拒，就更沉重了吧。

我信赖的，"定花的话一定会去的"是青山的Le Vesuve。花材都很新鲜这一点自不必说，店主高桥郁代的品位，简约独创的样式，也充满魅力。

古董装饰花一般的花束。仿佛就在田间摘的盛开野花一般自然的花束。毫不华丽，只是默默绽放着。就算配错，田间小花也不会感到臃肿。

除了 Le Vesuve，也会去家和公司附近的花店。

我最喜欢白色的花，自用也好，送人也好，基本都选白色。春天的话是郁金香，夏天是百合，秋天是波斯菊，冬天是水仙，一年四季都有白色的鲜花开放，每一种都很美丽。

我家一般不用花瓶，用旅行中买的古董水壶、水罐什么的，随意一插就好。

要说花瓶，唯一一个是芬兰建筑家阿尔瓦·阿尔托模仿波浪所做的"阿尔托花瓶"。大中小三个，足够每日观花赏玩了。

床垫、枕头和亚麻织物

床上用品真的很重要，可不是随便什么都行的。

每天，当一天结束后躺下身来，要有"在这里睡觉真好"的畅快感。

心情好，入睡快的用品。

我想用这样的床垫和枕头。

全世界连锁品牌威斯汀大酒店，在东京和日本其他城市也有店，酒店特别着力于床垫。正如它的名字"天梦之床"，超松软的睡感就仿佛在天国一般。

就像所有的美国酒店，从亚麻织物到花洒再到床垫，都会在网上售卖。

天梦之床虽然有卓越的睡感，但要在家中配置还是太贵了，直到现在也只能"羡慕"地看着。符合身份的，尽量上等的用品就好。

我现在用的床垫和枕头是泰普尔的。

泰普尔沿用了 NASA 研发的材料，是一种能在入睡期间让床逐渐适应身体形状的独特材料。我想一定还有人喜欢它。

似乎会受重力和湿度的影响，冬天的泰普尔床垫有一段时间会发硬。用体温逐渐温暖，身体慢慢适应后，我觉得影响也不大，但是妻子和女儿都说"好冷，就像睡在石头上一样，不喜欢"，于是她们换用其他的床垫。

型号的话，全家统一用小双人床大小。这样的话床罩就可以共用，需要的时候就可以直接取用叠好的新床单。

枕巾、床单，床周围的布艺品都用白色亚麻料。

准备几组相同的东西，稍微显旧了就可换上新品，买一些用作储备。

毛巾也是全家共用，和威斯汀酒店的一样。

毛巾的话价格可以承受，酒店出品的应该比较结实耐用。不管哪个家庭，毛巾都是每天使用的东西。冬天放在烘干机里烘干，一般的毛巾很快就不能用了。在这一点上，酒店的产品很结实，设计也简洁，更重要的是使用起来很舒适。

只是最近渐渐不再用浴巾了。

早晚沐浴后，每次都要洗浴巾的话，每天的洗衣量一下就增加了。但是，如果用过的浴巾只是简单烘干下，下次再接着用，又觉得心里不舒服。

抛开"洗完澡用浴巾"的观念，普通的洗脸巾长度在 90 厘米左右，也足够擦干全身了。

女性因为头发长可以准备两张洗脸巾。我一张就够。这样一来就再无烦恼了。

全家共用相同的布艺品和毛巾，购物的时候就不会有分歧了，床周围、浴室里、洗涤处的储物架也不会杂乱无章了。

冠婚葬祭、中元节、新年时候别人赠送的毛巾什么的，都拿去义卖会上流通，为了保持一种"清爽的心情"。

第三章

＊

工作

工作中的规则和礼法

未雨绸缪

我从来不说"就看这下子的了"这样的话。

提前准备，按计划执行，细心做事的习惯已经深入骨髓，所以基本不会出现"万一"的情况。

也没有重要工作时一定要穿的幸运服。

也不过是尽量把平日常穿的白衬衫穿戴得更齐整。

要说原因，不论我采取什么行动，在某种程度上都是让事情按照自己预设的轨迹在发展，这都是提前做了准备的缘故。虽然听起来好像很了不起，超出预设的情况是不可能出现的。

大概就和料理一样吧。

最重要的是搜集好的食材，然后就是双脚站定，挥洒汗水、埋头苦干了。为了搜集好的食材，就需要和好的果蔬店店主、农家，有时还有渔民保持好的关系。

同样的，在工作中也需要构筑各种各样的关系，就像要搜集好食材不可或缺的一步。这部分，不可能用剩余的精力来做。

关系的构建，需要的是日积月累。遵守约定、不缺礼数，每天的态度固然很重要，可遇事若说"就看这下子的了"，即便态度可亲，也前功尽弃了。

搜集好了食材，在料理之前，道具的配置、调味料的摆放等等，为了最好的表现，这些都需要提前整理收拾好。整理好工作道具、工位周边，事前联系、计划安排都一丝不苟地完成，也是一个道理。

这些都做好了，料理就成了万事俱备只欠东风的一件事了。只需要向着"美味"的终点平稳地、劲头十足地逼近。

工作如果也能做到这样，就不再需要强硬地推行自己的主张，也不需要"就看这一下的了"一锤定音的赌博了。

当然收尾也是很重要的。应该毫不放松、细心周到地推进到最后，但拼死都要达成一个什么目的，却不是我的行事方式。

不管多么拼尽全力，一副迫不得已的表情莽撞地干下去会怎样呢？

同事大概会想，"这么焦虑，真的不要紧吗？"不管是怎样的情况，都不要让别人不安。

正因如此，要在搜集素材这些他人看不见的地方下足功夫，对于工作本身，反而要表现得游刃有余。如果所有的工作都能做到这样，才是真正的高手。

年轻的时候可能会觉得不做准备，临场千钧一发时的即兴表现，扭转乾坤一般的行事方式才是最酷的。"就算什么也不准备，遇上万一情况也总能度过的。"自己感到很满足。

然而，并不是只取悦自己就可以了，周围的人看来不过是"刚刚达到及格线，勉勉强强合格了"。如此而已。

恐怕我年轻的时候，也做过很多让周围大人看了觉得丢面子的事吧。

其实，这世上并不存在什么也不准备、临场发挥总能见效的事情。

"自己不知道该如何准备？"

这样的时候就听从上司、前辈等身边人的指示，按照他们说的去准备。也就是被人支配着去做。如果不想被控制，那就自己做准备吧。

"接下来该怎么办？"不要这样想。这样犹豫着，不一会儿就会有他人的指示了，或者只能跟着前人的步伐走了。

不管什么办法都可以，自己去决定"接下来这样，然后那样"，按照自己的意愿做下去。我相信，这一点不仅关系到工作，也关系着个人的生活方式。

总是未雨绸缪，提前准备。

就像是植入的程序，与人道歉的时候也要未雨绸缪。

起冲突的时候，"是抗辩，还是继续这么忍着？"当对方这么想的时候，自己先做个准备去见对方。当然不需要提前约会，也不需要小礼物。

只是尽快去见对方，然后不加修饰地、直接地看着对方，真诚地说一句"对不起"。到目前为止，我还不知道有比这更好的解决冲突的办法。

工位

要打造美丽的街景，将道路铺上亮色的砖，道路两旁植上白杨。

咖啡店的遮阳伞下，叶影交织或浓或淡，投下深绿的影子。咖啡店对面，露出温暖的米黄色，是面包店的屋檐。在这里开一家看板花哨的快餐店，是多么格格不入的事啊。

大家尽心打造的景观，如果住在咖啡店二层的人家，擅自把自家的衣物在外晾晒，会是怎样的情形呢？

如果晾晒的衣物是各色的内衣、睡衣这样私人的衣物，那些最好不要让人看见的东西，又将是什么感觉呢？

在公司的桌上放置私人物品，也是一样的感觉。

就算是自己的座位，也是从公司借来的公共空间的一部分。

把饮料、点心、没抽完的烟头放在桌上，当然不对，就是放置相框、小玩偶、有趣的小装饰也是不对的。

公司的桌子，也要装扮得和自己的房间一样舒适。如果相反，我认为这是缺乏社会性，非常幼稚的表现。

如果想表现自己的"个性"，还是在其他方面努力吧。

日本人现在还会嘲笑穿着睡衣出门的外国人，那么日本人自己是不是应该更加成熟一些呢。有时，在公司会看见穿着拖鞋的人，但是公司并不是供人放松的家。看见这样的装扮的人，心中会想："这个人缺乏公共礼仪。"

欧美、日本的一些公司采用"自由地址"制度，不设置个人工位，在流动的工位上办公。

先不论是否要采用这样的制度，如果有人说"明天 ×× 要在你的工位上办公"，你的第一反应一定说"请用吧"，然后会把自己的位置好好收拾一番。

这是将所有的工作，从复杂变简单的一个过程。

从这个角度思考，就能理解整理工位这件事也象征了整个工作过程。

"太忙了，没时间整理。"

这么说的人很显然是错误的。完全没有意识到整理工位周围的环境本身，也是工作中非常重要的一部分。

在 COWBOOKS 书店也好，在《生活手账》编辑部也好，当我说"好了，开始工作吧"的时候，首先就从整理工位开始。整理收纳，让混乱变得有序。当然也包括我自己。

"找不到东西也没关系吗？"这话可没那么简单。

我最常用的笔啊、电话啊、电脑啊什么的。

因为必须要接很多电话，所以把电话放在哪里最顺手？放在哪里能最快地找到纸笔、记下必要的信息？

按顺序理一遍，就能看见自己的工作方式。

电话、笔记本、笔全笔直地排成一列，也许看上去很整齐。可是将它们稍微倾斜一些摆放会更适合实际工作，所以前者是错误的方式。一定要按照真正有效的原则去整理收纳。

按照自己的规则整理自己的办公环境，就算桌上摆了再多东西，也绝不会显得杂乱。

进而，不管到什么地方，也能迅速将它打造成适合自己的办公场所了。

垃圾的去向

把喝完的饮料瓶平静地扔在办公室地板上的人。

把湿湿的茶包"啪"一下直接放在桌上的人。

你的办公室里一定没有这样不可理喻的人吧？

我想几乎所有人都会把饮料瓶扔进回收箱，把废纸扔进桌子旁的垃圾桶里。

即便如此，当一天的工作结束走出公司的时候，那些垃圾桶又会怎样呢？

有没有想过，为什么第二天再来公司时垃圾桶又空了呢？

清洁工、总务的工作人员，或者是临时工，各个公司可能不太一样。总之是他们清理了你的垃圾桶。

一定有人在你看不见的地方，将你垃圾桶中的东西倾倒出来回收，再一起放入垃圾站的大型垃圾袋中。

并没有自动垃圾回收装置，也不会有魔法小人。

是其他人，帮你处理了垃圾。

这么想的话，就应该注意一下自己垃圾桶中的东西了。

比如，不要把废纸和沾了饭菜泔水的食盒放在一起。

比如，把那些容易脏手，感到"恶心"的东西先用废袋子装好再扔掉。

比如，离开办公室的时候自己把垃圾桶中的东西送去垃圾站。

这样的顾虑，是在工作中理所当然应该做的事。

就算是不认识的陌生人，但去为那些与自己做的事情过程相关的人，那些最终处理这件事情的人多着想，尽量减少他们的困扰，也是工作的根本所在。

处理复印废纸的时候，将上面的订书钉、夹子一一取出，放入循环利用箱的人。把还带着玻璃纸的邮寄信封原封不动地哗哗哗扔进垃圾桶的人。

两者一对比，你一下就能看出谁的工作能力更强。

"东京都的垃圾分类没这么细啊。"
也许有人会说这种错误的话。

我倒并不想细说什么垃圾分类的问题。这种事，作为地区规则，大家都是知道的。

这里面包含的是，从扔垃圾这一点就可以看出工作中交流能力的高低。能顾虑垃圾去向的人，是更愿意触动想象力的人，第六感发达，更可能是个细心周到的人。

最后我认为，能顾及垃圾处理者的人，在工作上一定会具有相当的交流能力。就我所见，这种类型的人无一不在工作中做出了成绩。

那么，你的垃圾桶中又将会是怎样一番景象呢？

手账和日程表

过去的随身笔记本、活页记事本。

记下感兴趣的事或是进行中的案件，一张白纸也能成为头脑中可视化的"情报卡"。

能随意记下想法的小手账。

我也有一些发挥了所谓"手账"功能的东西，但经常思考的是，像最新登山提倡的那种轻量化。

如果能放下一直以来使用的东西，就太好了。
所以每天都在改善。

比如活页记事本、情报卡什么的，作为桌上笔记本放在公司，不要放进公文包。

日程管理的根本不在于使用何种工具。

如果适合自己的话用什么都无所谓，工具本来就是附带的东西。最重要的是，即便不看手账和日程表也能提前知道自己的安排。

"啥，明天是啥安排来着？"

如果不看手账就想不起有什么约会或是会议，

只能证明日程安排已经超出了自己的能力范围。

包括私人聚餐、学习都是这样。

请务必保持无须确认日程，头脑中也能清晰把握一周之内活动的状态。

我认为管理日程不是无限地在日程中填充活动，而是管理自己的工作量。

"欸？明天下午还有两小时空着呢。再安排一次会见吧。"

这种无脑填充还是算了吧。

"现在自己的工作量如何？有空余吗，还是超负荷？"

　　在加入新安排前，先整体考量一下自己的日程表。明天下午是否有2小时的空闲，并不能只由明天的安排来判定。

　　如果一周后有需要提交的材料，可能明天不利用空闲时间去做的话就会来不及。就算没有明确的"必须要做的事"，那么是不是花点儿时间思考一下下个月的策划会议会更好呢。

　　要接受什么任务的时候，最好先从整体把握自己的工作量，再去判断要不要接这项任务。

每次有新的任务来到时，我都会先问自己："这项工作是我能'承受'的吗？我现在的'工作量'是否已经超负荷了？"

为了不被工作追赶，在工作来的时候就及时处理掉。

总之，如果是立刻就能完成的工作，即使它的截止期是两周后或是一个月后，都立刻完成，为未来减负。

"指派的任务瞬间完成"，习惯了这种方式真的会很轻松。

什么时候要做什么事情，真的不必写在日程
本上。

不需要手账的轻松工作，不是最好的吗？

文具

在此处特别讲究的话，就过于傻气了。

可一旦以"越便宜越好"为标准，整个工作都会飘着股穷酸气。

圆珠笔、胶带、订书器、别针。
关于一般的文具，我能想到的就是这些。

所有文具都是外国造的时尚样式，自然很漂亮。

可是谁的抽屉里都会有一两个不明来历的订书机之类的吧。文具并不是易坏的快消品，不会经常更换。

因此，我并没有"总是要采购一整套漂亮的文具"这样的意识。

"不想用不好使的剪刀拆邮件。"

虽然这样的心情谁都会有，但文具的话在便利店买的普通用品就足以满足使用了。

只是，"普通"和"随便"可是天差地别的。

并不像"漂亮的东西"和"普通的东西"这样视觉上有较大的区别，很多人也许并不明白其间的差距，结果买了"随便"的东西，导致工作效率降低。

也有人以难以置信的低价买入，还以为是"批发价所以很划算"，真是荒唐。

看起来很普通，结果会漏墨，写到一半写不出来的圆珠笔。

比普通货便宜很多，结果黏黏糊糊无法使用的透明胶带、纸胶带。

使用这些"便宜就好"的东西让人焦躁不堪，工作无法推进，效率低下，工作质量也下降了。结果就成了文章开头所说的，整个工作都会飘着股穷酸气。

品质低劣的文具，大家都不会爱惜，反而会造成大量浪费，致使成本提升。

所以爱惜地使用普通文具是最好的解决方案吧。

公司选择"便宜就好"的文具当然也有降低成本的原因。但是，大家都不爱惜也是其中一个原因。

即便是公司配给，因为是工作的道具，也请爱惜地使用不要浪费。另外，如果知道文具的价格，不使用公司配给的文具，自己准备也是可以的。

对待"理所应当的物品"是怎样的态度。

这也是工作态度的一个细致表现，对细节马马虎虎的人也很难把工作做好。

我用刀片削铅笔。因为用卷笔刀削的铅笔太尖，写起来不舒服，所以用手削。"怎么削不都一样嘛"，对这样的想法，我敬而远之。

没什么特别之处的普通铅笔，只要每一支都好好爱惜，以自己喜欢的方式对待，也会成为出类拔萃的用具。

信函原则

淡定下笔。

不管是用圆珠笔还是钢笔，恭敬的感谢函一定要用心去写。

心里不急，下笔就不会太用力。尤其是用圆珠笔的时候，下笔太重的信函会有一种压迫感，给对方带来不安。

不着急，也就意味着不需要用"前略"这样的词吧。

信件上要保持"敬启"和季节的问候的舒适步调。尤其是写给上司的信，我认为是一定不能用"前略"这样的字眼的。

信函的原则是不给对方带去困扰。
所以，下笔要慢。

下笔时要避免让对方从文字中感受到挑衅的姿态。

不带去困扰，也意味着不要逼迫他人。

"特意给人写信，一定是想道谢，或是请人多多关照，认为对方是一个值得尊敬和有好感的人吧。所以不应该写有逼迫感的信，不是吗？"

也有人感到茫然，善意也好感谢也好，"自己有很强烈的想法"这件事，首先就是危险的。

人在自我本位的立场下就会不自觉地逼迫对方。

"因为十分尊敬您，所以想要让您了解我。"

在这样的心理下，写出一封坦明心迹的长信，收信的一方会很困扰吧，不知道该如何回复。

"请就这件事给予答复。"

"想听取您的想法。"

这样要求回复的信，也会让对方困惑。

信是会被保留下来的东西，仅此就已经可以留下很深的印象了。

不会给读信者留下不快，可以轻松回复的内容，或者更确切地说，"回不回信都可以"，这样的信才是一封写得好的信。

为了不给对方压力，不成为对方的负担，所以最好也不要使用特别精致的信笺或邮票。

我经常写信，一些家常话就用明信片或者附近文具店买的普通信纸。如果是工作相关的，会用公司的信笺。我也会买漂亮的纪念邮票，但大多数时候都用标准的鸟图案邮票。

感谢或是祝贺的信件、稍微正式的信件，会用法国 G.Lalo 的信笺。

G.Lalo 是 1919 年创立的法国公司，生产各色信件用品。没有格线的简单设计，高级的纸品。

我喜欢淡蓝色信笺。钢笔用细笔头的百利金。

然而，"写得好"和"写得妙"看起来一样，实际上有很大不同。

并不是文章写得好就能称作一封写得妙的信，有些信虽然写得支离破碎，却也能传达完整意思。

　　信只需要尽可能地自然、淡定、用心去书写即可。

面谈和动机

"关于这件事我们来谈一谈。"

我总是尽量和人见面，面对面地谈话。

如果只是"这件事"的话，在电话里谈就足够了。

与人见面是为了谈一些多余的话。与本案无关的杂谈，顺便聊些家常话。为了一些预想之外的谈话，我才去面谈。

通过谈话，找到新的工作灵感，自己的头脑也更兴奋。

面谈的基本是比对方先到。可以说这是铁则。

一定要是安静的场所。酒店的茶室很方便面谈，虽然茶费贵了些，但能集中注意力。

选场所时考虑对方的动机也很重要。

"因为拜托的是件很重要的工作，所以请一定要接受。"

这样诚心的托付，相比自助的普通咖啡店，

还是选择安静的酒店茶室更合适，对方的心情也更放松。

每次我接到工作上的面谈约定时，都很注意这一点。

如果只是简单地说说话，那么公司的会议室，就近的咖啡馆都没问题。但如果去酒店的会议室或者定套房间会怎样呢？

因为是单间，静下心来谈话当然没问题。一天中在屋里待上数小时，对方可能会想"为了招待我，准备得如此周到细致"。

一旦这么想，对方的情绪可能会波动，把平常不能说的话也说出来了。所以，见面场所的选择直接关系着工作品质。

没有必要奢侈浪费，但事关工作品质的事情，也不应太过吝啬。

礼物

特别好吃的东西其实很少。

买礼物的时候，我总会在心里嘀咕。收到令自己很开心的东西时，也是如此。

"东西越多越好"，虽说如此，若是不好吃的饼干堆得比山高，也是很犯愁的事。

就算是好吃的东西，量太多，老是吃不完，直到吃完为止也是一种负担。

但真的很好吃，太少的话又会一下子就没了。

索性，还是一下子就能没有的东西好些，又轻松又开心。

如果买食物，最好不要买生食。不管怎么美味怎么新鲜，但对方有对方的安排，并不一定能马上就吃。

"啊！不能放太久啊。要赶紧吃。"送会让人焦虑的东西是件糟糕的事情。

在日本，世界各国的美味都可以轻松买到的今天，送人点心反而显得太过平凡。

不管是多么稀少的限定品，大概也只能给人"哇，点心呀"这样的印象吧。无论是百年老店的和式点心馅饼，还是法国西点大师做的马卡龙，无论是小豆还是香草，都散发了一种社交辞令的味道。

我想最好的礼物是花。

不管对方是女性还是男性。

是日本人还是美国人。

不管是在哪个国家，哪条街道，总会有一间花店吧。尝试过一次后会发现送花其实没那么难。即便是男性也很乐意收到花束。

食品或是物品不了解对方喜好的话很难选择，但几乎没人会讨厌花。

花可以马上装饰起来，也很漂亮。不管收到多少，最多一周会消失不留痕迹。花给人的印象很深，眼前一亮"就这把"，那就选择它吧。

这是一场秘密作战，在工作上提出无理请求时，我通常会带着花束去拜访。是个大麻烦，也最多买三千日元左右的花束。五千日元的话有点儿过于豪华了。

白花配绿叶这样清爽的花束，就算是无理的请求也绝对没有问题，是像护身符一样的存在。

我反而觉得，如果是普通的工作，不管是点心还是花，建立一个"不互相交换礼物"的规定，这样大家都没有负担，交往会更加轻松。

不要说"打算"

工作中有这样一句话："只要这么说就出局了！"

或者说是绝对禁句。

"打算"就是这样一个词。

"哎呀，没有这样的打算呢。"

"本打算在期限日前做完，结果没能完成。"

"本打算做 ××，结果……"

谁都会失误，也会犯错。这件事本身不应该被苛责。

坦诚地认错，真诚地道歉，依然可以将话题进行下去，"那么，接下来该怎么办？"

然而，"本打算"这样的说辞对于弥补自己的过错没有任何用处。一旦试图掩饰，就已经无法挽回了。

"打算"这样的词，还是舍弃了好。简洁地承认会更好。做了就是做了。要明白不管之前如何"打算"，现在眼前的结果才重要。

虽然是很严格的规则，可如果自己做不到就无法做好工作。

"打算"的升级版"原本真的打算做的"常常用来作为没有完成工作的借口。

可是"打算"只是个人随意的想法，最多就是"这样的话就好了"一个模糊的愿景罢了。

"我想到了。"

"我考虑好了。"

但如果不付之于行动，就只能是自己心中自以为是的空想。

工作中需要拿出具体的实绩才行。

名片

交换了名片后不要立即放进名片夹里。

不喜欢增加太多名片的我，会在这上面下些功夫。

每天会见很多人，要和所有人保持紧密的联系，是很难实现的。我一直坚信人际关系不以数量取胜，名片更是如此。没有自己的生活方式只有不断增加的名片，反而把真正重要的关系等闲视之。

所以，首先，交换名片当场就在脑中暗念那人的名字。如此一来，真正想要记住的人名就会在脑中留下印象了。

然后回到自己的座位，在名片上写下日期。

这之后就是"一点小诀窍"了。把名片放进小箱里一段时间。

约莫过了一个月，打开存放名片的小箱。大多数情况下，里面已经积攒了很多名片了，一张张过目。

这时候就可以分出"今后也要继续保存的名片"和"很抱歉只能说再见"的名片了。这也是没办法的事。没有这样的割舍，最后只能像个迷途的孩子抱着小山一样多的名片追问："这是谁来着？"

名片夹是文具店卖的传统样式。细长的盒子里有索引条作分隔。通常名片夹里的人际关系是需要用心经营的。

一个名片夹大概能收纳 500 张名片，我从来没有装满过。常放入的只有 300 张左右。最好不要放到最大限。

随身携带的名片夹就和钱包一样。因为会被人看见，所以总是让名片夹保持崭新漂亮。

POSTALCO 的黑色款，近来是我的首选。

钱包

无论如何都不能接受一个破破烂烂的钱包。

比起经常使用熟悉的，我还是更喜欢崭新有型的钱包。

因为是放钱的东西，所以总是很爱惜地使用，但每隔两年会处理掉旧的，买新钱包。两年说起来也不过转瞬，有时也会很惊讶。

"明明还这么漂亮呢，为什么要买新的呢？"

大概因为我对与钱有关的东西都格外希望"没有污点"吧。希望它总是干净的。

钱包一般选择黑色皮制，纸钞和硬币分隔开。

不管怎样频繁替换，使用廉价的钱包是对货币失礼，所以会买与之相称的钱包。最近喜欢英国皮具品牌 Whitehouse Cox、ETTINGER 的产品。在日本也能买到，凝结了匠人之魂的作品。

钱包如此重要，不要把各种面额的钱币混杂地放在一起，纸币不能折损是自然的，朝向也请调整一致。

出租车、便利店、吃午餐的快餐店。

收受钱币只是一瞬间的动作，稍微不注意钱包就会变得杂乱无章。不只是纸币朝向不一，甚至会出现弯折、钱币之间还夹着收银条之类的情况。

作为一种习惯，我每天两次休息的时候整理钱包。当然不只是整理钱包。把一天之中的收银条从钱包里拿出来，将工作经费和私人使用分开。

钱币因为经了很多人的手会有污渍，有时我会把钱、收银条、卡都取出来，擦拭钱包内部。外侧也是皮制，平时使用时注意不要弄脏。

我并不是现金主义者，休息日也会只带信用卡出门，尽管如此还是觉得卡片少一些好。

去银行、商场、航空公司、家电超市等等，打算拿上各种各样的卡，其实都是一样的 VISA 卡，多拿也是浪费。

主要使用的卡准备一张，作为预备卡再准备一张与主卡不一样公司的卡就可以了。

比如主卡是 VISA，那么再准备一张 Diners 或者 Master 的卡就足够了。此外，再有一张日常使用的储蓄卡，无论做什么都足够了。

有时也会见到钱包里塞满各种店会员卡的人。可是，积分这种事如果要做是没有上限的。只会让你离干净整洁的钱包越来越远。

被店员推销的时候，请果断推辞："不好意思，不需要。"

这样决定会轻松许多。也许错过一点儿"小便宜"，但却得到了宽裕。

喜欢将多余的东西排除在外保持钱包整洁的我，也需要忍耐一些"不使用的东西"。那就是需要折叠放置的十万日元纸币。

用来紧急备用的钱，其实一次也没使用过。把它和平时用的钱分开存放，每两年换钱包的时候，它们往往还在。

女性或是年轻人，钱包里有三万日元左右的"应急储备"，就能当作护身符了吧。

旅行箱

去过许多地方旅行，用过许多旅行箱。

ZERO HALLIBURTON、RIMOWA 和其他一些制造商的产品也都试用过。

在街上走动时，方形的旅行箱总会让人觉得很不方便。

习惯旅行的人带着笨重的旅行箱这种事我也没见过。

多次试行错误后才找到了 patagonia 的滚轮行李包。配拉链内部可以撑得很大的行李包，还配置了行李车。我秉持着"大包可兼做小包"的原则，选择了 75 厘米的黑色款。

刚开始使用滚轮行李包，就立刻明白了惯于旅行的人为什么会选择软包了，因为拿着轻巧便于步行。

不管去哪个国家都会带上香氛、洗发水、肥皂等日用品，也会自带茶包。对于不沾烟酒的我，茶就是我的嗜好，就像常备药一样。

以前，长期旅行的时候还会带上乐器。现在也不带了，更不用说笔记本电脑之类，书也就带一本文库本。

回来的时候一般行李会增加很多，出门的时候一身轻，需要的东西在当地买就好了。

不管外出的时间是长是短，总是同样一个行李包。不管包里是空空如也，还是满满当当，总是能完美收纳，是值得他人信赖、令人愉快的好伙伴。

思考对自己而言工作是什么、生活是什么，是件十分重要的事。

这个答案很难用语言来描述。走路的时候，开车的时候，在电车上拉着吊环的时候，突然一个人的时候，会问自己。

思来想去，也许是这样吧，一点点尝试去解开缠绕思维的细线。

在生活中实践，品行正直、为人亲切、善于思考，用充满活力的笑脸迎接每一天。

这些都是今天我能够回答，于我而言工作是什么、生活是什么这个问题的基础。

人都有脆弱的时候，活出自己不是一件简单的事。就算不是每天，但感到疲惫、感到混乱、感到不知所措的日子真的很多。

每当这时，回到与己而言工作是什么、生活是什么这个问题的答案上来，就能找回自我了。就像在大海上游泳，疲惫之时能否找到那个让自身休息的浮板一样。

以后也会有迷茫、烦恼、仿佛在暗中前行的时刻。每当那时，我相信自我的基石，就如小小的灯火会照亮脚下的路。

而这个基石其实很简单。

结　语

思考对自己而言工作是什么、生活是什么，是件十分重要的事。

这个答案很难用语言来描述。走路的时候，开车的时候，在电车上拉着吊环的时候，突然一个人的时候，会问自己。

思来想去，也许是这样吧，

一点点尝试去解开缠绕思维的细线。

在生活中实践，品行正直、为人亲切、善于思考，用充满活力的笑脸迎接每一天。

这些都是今天我能够回答，于我而言工作是什么、生活是什么这个问题的基础。

人都有脆弱的时候，活出自己不是一件简单的事。就算不是每天，但感到疲惫、感到混乱、感到不知所措的日子真的很多。

每当这时，回到与己而言工作是什么、生活是什么这个问题的答案上来，就能找回自我了。就像在大海上游泳，疲惫之时能否找到那个让自身休息的浮板一样。

以后也会有迷茫、烦恼、仿佛在暗中前行的时刻。每当那时，我相信自我的基石，就如小小的灯火会照亮脚下的路。

而这个基石其实很简单。

图书在版编目（CIP）数据

普通力：过好恒常如新的每一天 / (日) 松浦弥太郎著；吴妍译. -- 南京：江苏凤凰文艺出版社，2022.2
ISBN 978-7-5594-4730-2

Ⅰ.①普… Ⅱ.①松… ②吴… Ⅲ.①随笔 - 作品集 - 日本 - 现代 Ⅳ.①I313.65

中国版本图书馆CIP数据核字(2020)第052639号

著作权合同登记号 图字：10-2019-658

"ITSUMO NO MAINICHI." by Yataro Matsuura
Copyright © Yataro Matsuura 2013
All rights reserved.
First published in Japan in 2013 by SHUEISHA Inc., Tokyo.
This Simplified Chinese edition published by arrangement with
Shueisha Inc., Tokyo in care of Tuttle—Mori Agency, Inc., Tokyo
through Future View Technology Ltd., Taipei

普通力：过好恒常如新的每一天

[日]松浦弥太郎 著　　吴　妍 译

责任编辑	周颖若	
特约编辑	刘文平	
出版发行	江苏凤凰文艺出版社	
	南京市中央路 165 号，邮编：210009	
网　址	http://www.jswenyi.com	
印　刷	北京盛通印刷股份有限公司	
开　本	787 毫米 ×1029 毫米　1/32	
印　张	7	
字　数	80 千字	
版　次	2022 年 2 月第 1 版	
印　次	2022 年 2 月第 1 次印刷	
书　号	ISBN 978-7-5594-4730-2	
定　价	49.80 元	

江苏凤凰文艺版图书凡印刷、装订错误，可向出版社调换，联系电话025-83280257